. . . und danach für immer.

Dieter Zembsch

Ja, ja – Du liebst mich!

Fricke

VON DEN SPIELANGEBOTEN DER INNENWELT

Die Fotografie hat seit ihren Anfängen im letzten Jahrhundert viel zur Erfindung dessen beigetragen, was wir uns angewöhnt haben, «Realität» zu heißen. Sie hat aber diese Erfindung auch dauernd bearbeitet und verändert und scheint nun auf dem Sprung zu sein, sie als Produktion einer ganz bestimmten Epoche des Umgangs der Innenwelt mit der Außenwelt verständlich machen, um nicht zu sagen: desavouieren zu wollen.

Die Außenwelt haben wir nur «im Bild» — im Bild, das die Lichtstrahlen der Objekte auf der Netzhaut unseres Auges hervorrufen. Dem fotografischen Verfahren gelang es, ein entsprechendes Bild in einem Apparat, der mit einer Linse ausgestattet ist, entstehen zu lassen, und an dieses Gelingen knüpfte man die Behauptung, es handle sich dabei um ein wortwörtliches Übersetzen des Objektiven, um eine getreue Übereinkunft des Bildes mit seinem Gegenstand. Aber Gegenstände lassen sich nicht optisch einfangen und sind nicht festlegbar durch und auf ein Bild; jedes Bild vermittelt nur eine Ahnung von ihnen. Wenn deshalb der Fotografie die Qualität des Abbildes zugesprochen wird, so will das cum grano salis verstanden sein: Niemals kann es sich um ein Abbild der Gegenstände selber handeln, sondern allenfalls um eines unserer voreingenommenen Meinung von ihnen. Und diese Meinung ist vielfach determiniert. Und mit dieser Einsicht beginnt die Fotografie als Kunst.

Voreingenommene Meinungen von Gegenständen — abhängig von der Einstellung des Fotografen, vom Ausschnitt, von der Anordnung, von der Beleuchtung — sind auch die Bilder von Dieter Zembsch. Sie waren ursprünglich als Beiträge zu einem Magazin von Motiven gedacht und sollten abrufbar sein zu unterschiedlicher Verwendung, allesamt der Absicht unterworfen, etwas zu illustrieren. Das erklärt ihren Mangel an Eindeutigkeit, die Isolation des Objekts, das Fehlen von Hintergründen, den Verzicht auf perspektische Wirkungen. Die Aufnahmen, die größtenteils im Atelier entstanden sind, warten gleichsam darauf, durch Einbeziehung in einem Zusammenhang definiert zu werden. Als bloße Bilderfolge haben sie etwas Unbestimmtes, Unfertiges, Verrätseltes, wohl auch (durch das oft schroffe Heranziehen des Motivs an den Betrachter, so daß es von den Bildrändern angeschnitten wird) etwas Aggressives. Die Dinge sind hier Ausdrucksmittel für etwas, das sie selbst nicht sind; sie werden inszeniert. Aber was wäre der Zweck der Inszenierung?

Es gibt von Josef Albers ein theoretisches Werk mit dem Titel «Interaction of Color», das eine Fülle von Experimenten zur Wirkung von Farbe enthält. In diesen Versuchen geht es um den Nachweis, daß, aufgrund der Eigentümlichkeit menschlichen Wahrnehmens, «die

Erscheinung von Farben ständig variiert in Wechselwirkung mit anderen Farben», will sagen: daß Farben eine «unbegrenzte Beweglichkeit» haben. Die Entdeckung dieses Prozesses ermöglicht ein bewußteres Sehen, auch von Bildern. Aber könnte es nicht sein, daß zur Konstituierung eines Bildes neben der interaction of color auch eine interaction of meaning beiträgt? Für die Bilder von Dieter Zembsch jedenfalls ist eine bewußt in Gang gebrachte und durchgehaltene interaction of meaning das unverwechselbare Merkmal.

Das Magazin von Motiven, abrufbar zu unterschiedlicher Verwendung, war ein ruhendes Potential. Als es in Bewegung geriet, geschah es nicht, um illustrative Aufgaben zu übernehmen, sondern mit ganz anderer Zielrichtung. Auslöser war ein «literarischer» Impuls, das Erfinden von Legenden. Mit der voreingenommenen Meinung von Gegenständen, ausgedrückt in Bildern, wird nun die voreingenommene Meinung von Bildern, artikuliert in Wörtern und Sätzen, konfrontiert. Die entstehende Irritation läßt sich in die Form eines Spiels überführen: Der Herausforderung durch die Bilder entspricht die Herausforderung durch die Legenden, und zwischen beiden soll ein schwebendes Gleichgewicht hergestellt werden. Erreicht ist dies, wenn die Wechselwirkung der Meinungen dazu führt, daß zwei Unbestimmtheiten sich gegenseitig determinieren, zwei Unfertigkeiten sich gegenseitig ergänzen. Das Gelingen des Spiels erweist sich im Gehenkönnen auf schmalem Grat, in der Balance auf dünnem Seil. Das Mißlingen führt zum Absturz ins Geschmäcklerische, in prätentiöse Leere, in den Gag. Und weil das Spiel zwischen optisch und sprachlich formulierten Meinungen mit Energie der Innenwelt betrieben wird — mag man sie Grundstimmung nennen oder Lebensgefühl — kann es weder im Optischen noch im Sprachlichen aufgehen. Das schwebende Gleichgewicht, das sein Ziel ist, vereinigt sprachliche und optische Elemente zu einem Dritten: zu psychischen Wirkungen. Sie lassen sich umschreiben als die stets neu zu findende Balance zwischen Realität und Traum, Erwachsensein und Kindsein, Angst und Trost, Einsamkeit und Nähe, Grausamkeit und Zärtlichkeit.

Die Bildersprache von Dieter Zembsch ist eine Schule des Sehens und des Zusammensehens. Und sie ist eine Schule, die das Mißtrauen lehrt gegen das Gesehene und das Zusammengesehene. Sie erteilt Unterricht über die Beweglichkeit und Verfügbarkeit von Bildern. Mehr noch: über die Angebote zur Verführung, die in ihnen lauern. Und sie zeigt, wie eine Realität, die als unzumutbar empfunden wird, mit Witz und Ironie unterlaufen werden kann.

Hubert Arbogast

Manchmal wollen wir trösten —
und reden nur viel.

Spielwiese.

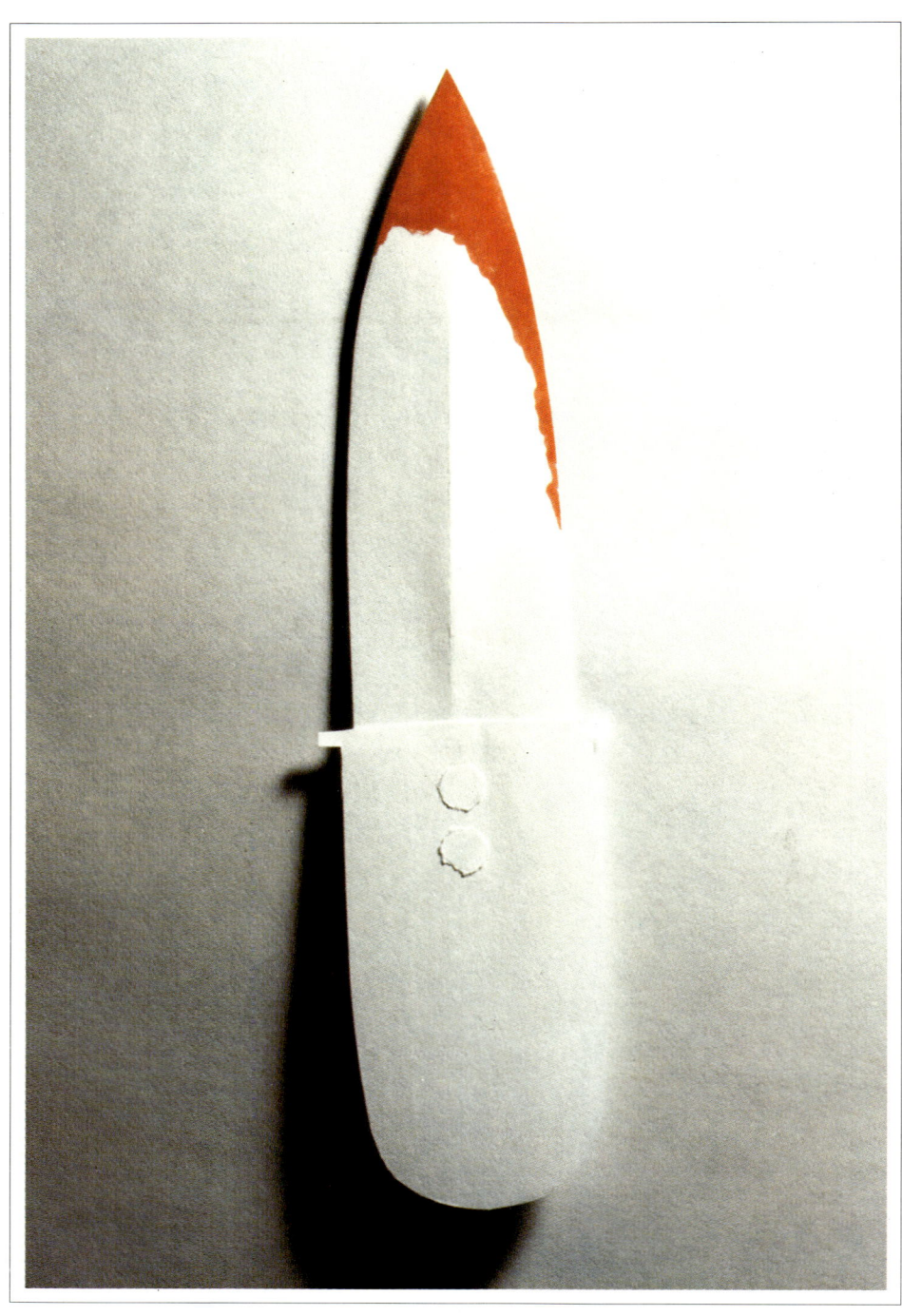

Nach Diktat verreist.

Manchmal bin ich übermütig.

Ehrgeiz (der Eltern).

Oft wollen Zärtlichkeiten zu Hause bleiben —
und werden, warm angezogen, vor die Tür geschickt.

Ich fand die Freiheit,
nicht alles gut zu finden,
was Du tust.

Wer nur geben will,
der nimmt sich nichts.

Ich bin nicht die Zukunft
Deiner Vergangenheit.

Deine Angst ist älter als ich.

Die Geliebte.

Schlaf mein Kind — ich will Dich loben . . .

Das Schweigen ist nicht taub —
schrei' nicht so!

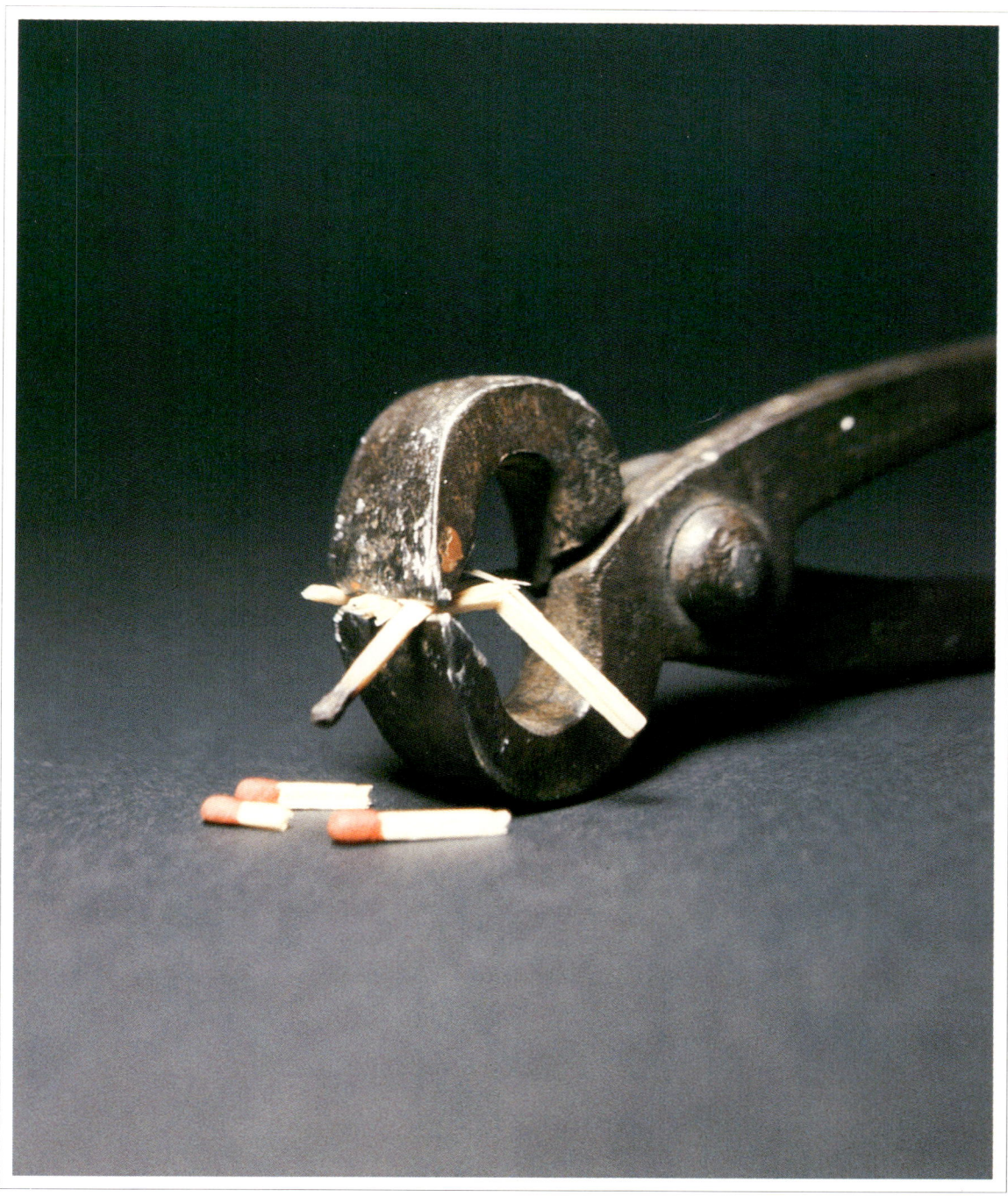

Pubertät.

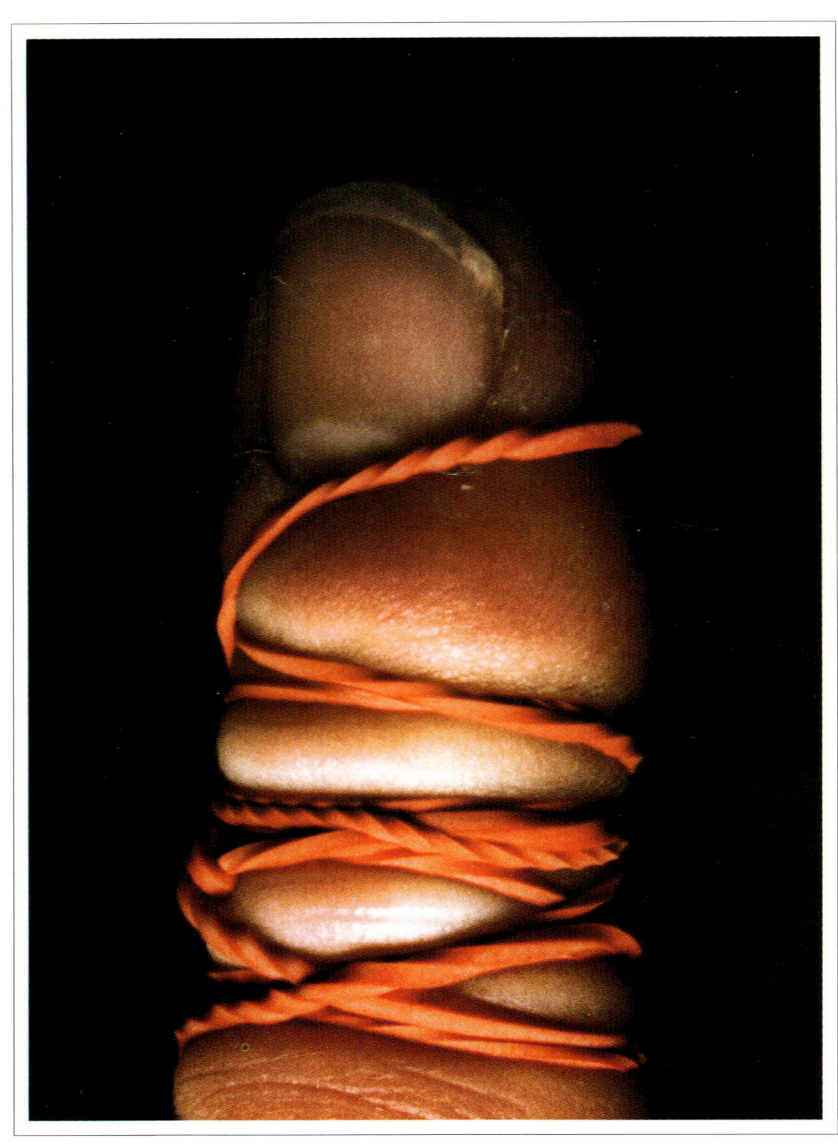

Ich liebe Dich!

. . . damit alles ein wenig leichter wird.

Betritt das Eis nicht zu früh.

Spalierobst.

Die Zeit heilt alle Wunder.

Es kam einfach nie der Richtige, wissen Sie?

Geh' nicht so laut fort.

In den verhängten Spiegeln
lebt geduldig ein Lächeln.

Manchmal heißen wir nur Kind.

Aschermittwoch.

... was er nur hat?!

Der Käfig der Freiheit.

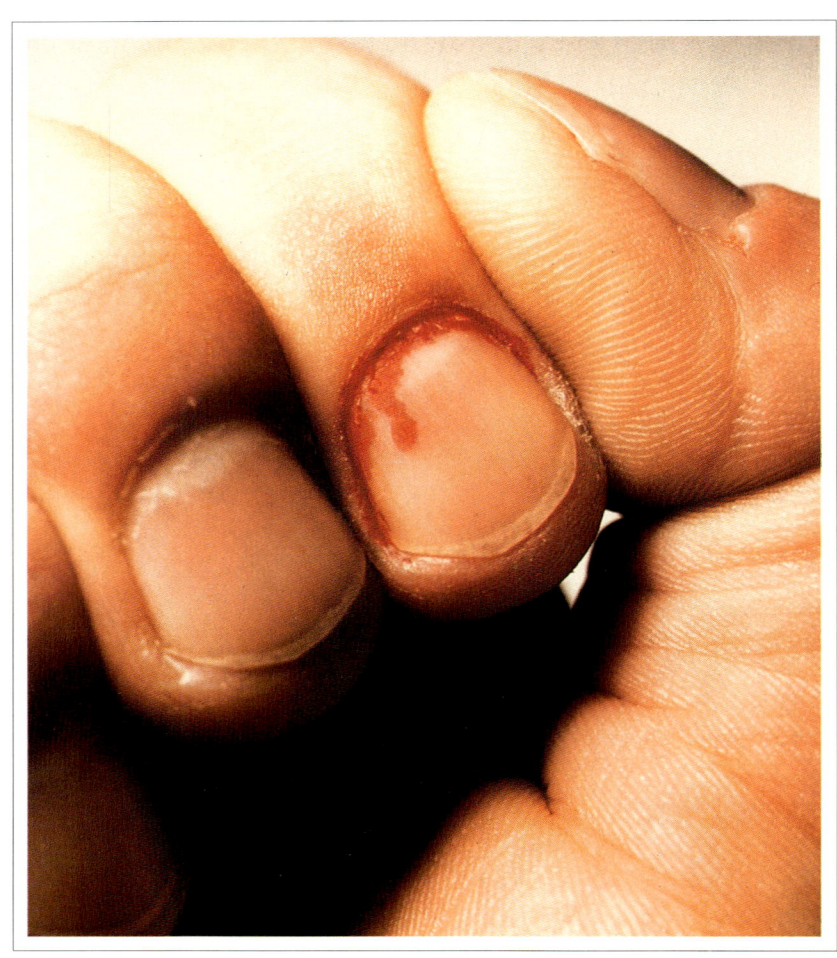

Träum' nicht, spiel' was!

Ich will nicht
Deiner Liebe hinterher räumen.

Vergiß' nicht zu weinen, wenn Du gehst.

Das Nest.

Ja, ja!
Du liebst mich — ich weiß . . .

In Deinen Ausstellungen
sind viele Leihgaben.

Mir geht es gut —
warum fragen Sie?!

Weihnachten.

Du schläfst, und ich träume.

Die Braut.

Manche haben am Tag
nur ein paar Minuten
Geld für ihre Kinder.

Hausarrest.

... «unten ohne» legt sich
mir niemand mehr hin!

Es wird nichts herausbezahlt
für nichtgehabte Träume.

In den Träumen läutet es Sturm.

Sie hat sich kaum gewehrt.

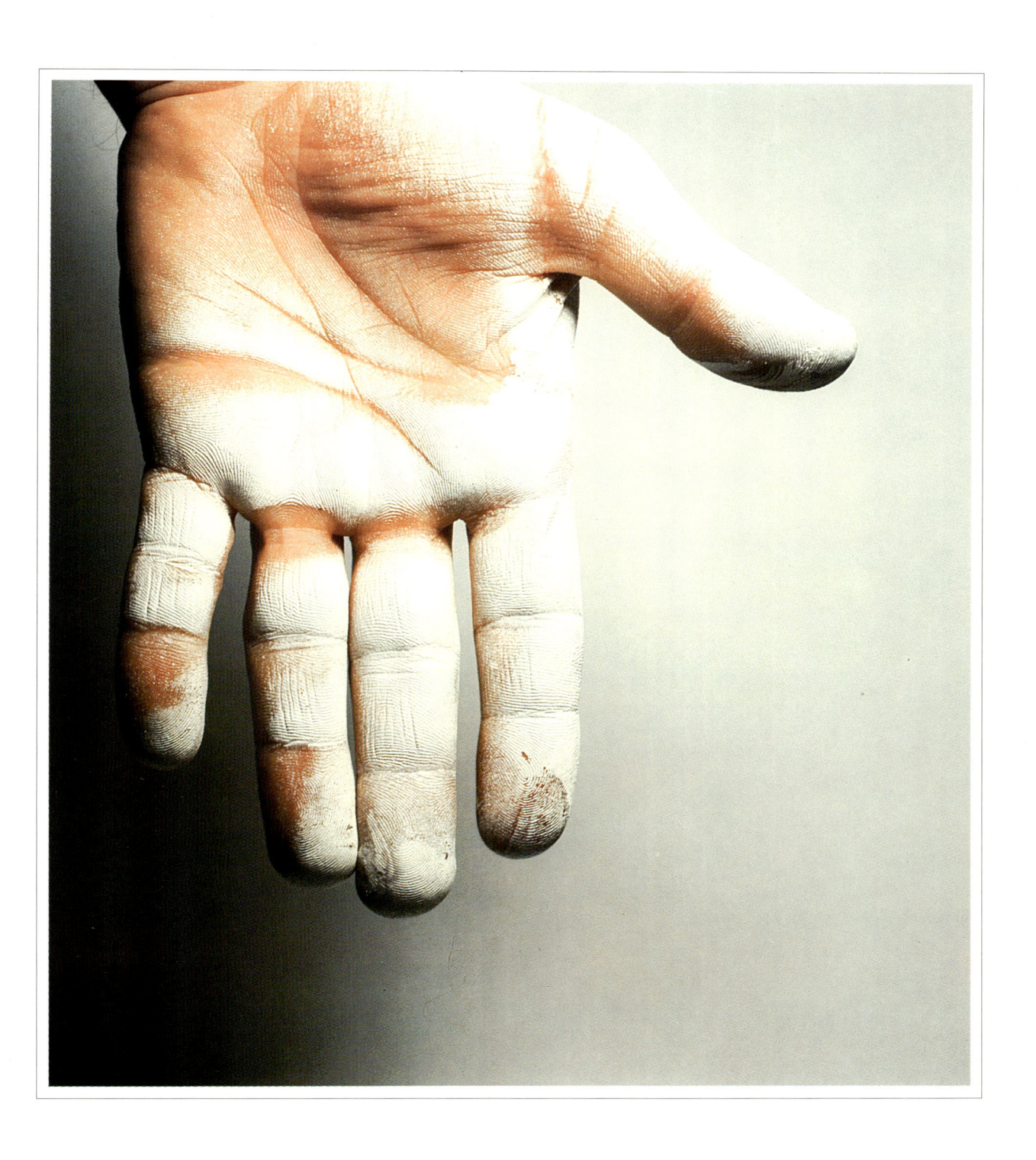

Originalausgabe.

© 1988 Verlag Dieter Fricke GmbH.,
Humboldtstraße 67, D-6000 Frankfurt.

Alle Rechte vorbehalten.

ISBN 3-88184-118-0.

Printed in the Federal Republic of Germany.